______________ 드림

어쩌면
나의 이 야 기

어쩌면

나의 이 야 기

초판 1쇄 인쇄 2017년 8월 18일
초판 1쇄 발행 2017년 8월 25일

지은이 꼬마글쟁이

발행인 장상진
발행처 (주)경향비피
등록번호 제2012-000228호
등록일자 2012년 7월 2일

주소 서울시 영등포구 양평동 2가 37-1번지 동아프라임밸리 507-508호
전화 1644-5613 | **팩스** 02) 304-5613

ISBN 978-89-6952-193-4 03810

· 값은 표지에 있습니다.
· 파본은 구입하신 서점에서 바꿔드립니다.

어쩌면
나의 이야기

꼬마글쟁이 글

경향BP

넌 좋은 사람이니까

곧 좋아질 거야.

⋮

따뜻한 봄길, 같이 걷게 될 거야.

설레는 여름밤의 영화 같은 야경이나

아련한 가을날의 동화 같은 바람.

어쩌면,

내리는 첫눈까지도

함께하게 되겠지.

우리라는 이름으로,

너와 내가 말이야.

⋮

나란히 같이 걸을 때면,

서로가 꼭 소중해지곤 해요.

⋮

소곤소곤, 행복해.

너랑
손잡는 사이가 되고 싶어.

'너랑 손잡는 사이가 되고 싶어.'

한 여름날의
수줍은 고백으로
우리는 손을 잡았지.

부끄러운 여름 하늘,
우리는 봄날 같았어.

발걸음,

순간마다 당신이 좋아.

지나가는 구름은

두근거려요.

익숙한 당신이,
내게는 설렘이에요.

날마다 같은 자리,
같은 느낌, 같은 마음.

익숙한 모든 것들에
설레는 맘 놓아 두기.

설렌다 어쩜,
걷기만 해도

내일 만나기로 했지.

달콤한 이불 덮고,
차근차근 잠이 들 거야.

좋은 아침이에요.
좋은 당신이에요.

좋은 아침이에요.
가벼운 발걸음으로 하루를 시작할까요.
늘 걷던 거리를 걸어도
왠지 모르게 기분이 좋아요.

좋은 당신이에요.
아침부터 당신 생각에
나서는 발걸음이 가벼웠어요.
들려오는 새소리는 당신을 말하고,
거리의 사람들은 꼭 당신처럼 웃어요.

참 좋은 아침에,
참 좋은 당신이에요.

⋮

떠가는 구름에도 미소 짓게 돼.

⋮

집으로 가는 길, 거리마다 네 생각.

⋮

사실은 하루 종일 두근거렸어요.

나를 보고 웃어주는
당신이 좋아.

하늘 한 번,

당신 한 번.

쉴 틈 없이 봄인 날.

따뜻한 봄 하늘 아래
봄을 닮은 당신과
하루 종일 걷게 된다면.
봄을 닮은 당신과
하루 종일 웃게 된다면.

⋮

좋은 날
당신을 만나

내 마음, 봄 같았지.

⋮

하루 종일 읽어 보는
봄, 한 글자.

'꽃을 보듯 너를 본다.'

한 줄의 짧은 문장에
하루를 빼앗긴 적이 있어요.

꽃 같은 당신을 앞에 두고
잘난 체 하느라 바빴던
스스로가
너무 부끄러워서.

-

바라보는 마음에도
꽃이 핀다면
현란한 잘난 체는 필요 없는 걸.

한 줄의 예쁜 시처럼
꽃을 보듯 보면 되는 걸.

예쁜 시를 읽는 마음으로
바라봐요, 당신을.

pamplemousse
pamplemousse
cypres japonais
MENTHE POIVREE

⋮

봄바람에 들켰어요.

내 마음, 비밀이었는데.

⋮

좋아해요.

나, 용기내서 말하는 거예요.

예쁜 밤하늘,

같이 보자고 전화했지.

달이 떴다고 전화를 주는 사람이나

근사하다 말하면서 전화를 받는 사람이나,

어쩜 마음들이 달보다 아름답지.

⋮

내가 알아요.

당신을, 좋아해요.

⋮

오늘은 발걸음마다

내 마음, 들키고 싶어.

첫 봄이 내리는 날이면

아마 네 생각이 날 거야.

첫눈처럼 꽃 피는 날 만나자 했지.
봄이 오면 오겠다고 내게 말했지.

오지 않는 당신을, 꽃처럼 기다렸어.
첫눈처럼 내리는 봄,
당신을 기다렸어.

가끔은 뭉클하기도 해요.

참 예쁜 봄날인데.

내 마음,
하루하루 쓰게 해줄 사람.

그리움도 걱정도 결국은 당신이겠지.
그래, 당신이라면
마음쯤은 울어도 좋아.

그러니까 내 말은
너를 좋아한다는 거야.

원래도 넓은 방은 아니었지만,
네 생각으로 더 좁아진 방에
내가 있다는 거야.

따뜻하게 데운
물을 한 잔 마시면
온몸이 네 생각으로
나른해진다는 거야.

그 마음,

안 보아도 예쁘다.

밤이 깊어요,

소중한 그대.

내가 아끼던 시간이야.

너에게 줄게.

단 하나뿐이랍니다

저녁노을의 아련함이나
새벽 시간의 아늑함 같은,

아끼던 많은 시간들이

너라면 아깝지 않아.

⋮

하루 중, 가장 좋아하는 시간에다

너를 두곤 해.

⋮

도란도란, 심장 소리.

좋아요.

오늘도 하루, 마음껏 좋아했어요.

하루 종일 좋아할 수 있는

누군가가 있다는 것.

너를 좋아해.

하루하루가 행복해.

⋮

유난히 설렐 때가 있잖아, 곁에 있다는 게.

⋮

천천히, 조금씩 설레.

좋아한다는 말,
하늘에다 적어 두고

용기내서 말했어요.
하늘이 참, 예쁘다고.

좋아한다는 말,

그 한마디 하기까지

수줍음에 지나갔던 모든 하늘에 적어 놓았지.

너를 좋아해.

봄날의 창가가 되고 싶어.

웃는 너에게 봄을 줄 거야.

햇살 좋았던 어느 날,
너는 창밖을 바라보며
생각에 잠겨 있었지.
입가에는 옅은 미소가,
앉은 자리엔 커피 향이 가득했어.

그때 아마 창틈으로 봄 냄새가 났던가.
나는 네게 봄이고 싶었어.

창 좀 열까, 봄바람 불 텐데.

가만 보면 우린,

예쁘게 핀 꽃 같아.

마음 둘 곳 없이

넓기만 한 봄날,

우리 둘,

한 송이 예쁜 꽃 같아.

⋮

가는 봄마다 당신.

같이있어, 좋은사람

'꼬마글쟁이'님의 글 #허쓰

⋮

한가득, 입가에 봄이 왔나 봐요.

⋮

귀여워, 마치 봄 같아.

서로가 소중해질 거란,

은근한 설렘.

그때,

흐르는 시간마저 우리 둘을 궁금해했지.

사람 만나는 일이 쉽지 않다던 너는

왠지 모르게 내가 편하다 했어.

긴장이 되기 시작했어.

좋은 예감이 들었거든.

순수했던 너를 좋아했어.

별거 아닌 나를 좋아해줬어.

우리의 그때가

나는 한없이 소중해.

같이 걷고 싶어, 소중한 너랑

그거 아니.

나는 아직도 가끔 그때를 생각해.

완벽하진 않았지만,

우리는 서로에게 완전했잖아.

완전하지 못한 날이면,

아직도 나는 그때를 생각해.

별들이 유난히 반짝이던

그때의 밤하늘이 기억나.

우린

같이 있었고, 같이 웃었지.

어떤 날, 어떤 밤은

가끔씩 그때를 닮았어.

그날의 공기, 소음,

또

말로는 다 못할 분위기들.

가끔씩, 소중한 밤.

별들도 아까워.

그 사람,

나보다도 먼저

밤하늘 별 봤어요.

⋮

어둡게 깔린 밤을 걸치고,

함께 나누는 설렘의 공기.

⋮

저녁이 스미는 당신도, 참 예뻐요.

이렇게 햇살 좋은 날이면,

마음 가득 당신이 떠올라.

이른 봄날의 수줍음처럼, 우리 만날까.

천천히 와요, 예쁘게 기다릴게.

오늘 따라 예쁜 하늘에

높게 뜬 구름, 적당한 바람.

당신을 기다리며

어느새 또 행복해.

반가운 마음에 기다림도 꽃 같아요.

봄을 닮은 날.

구름은 당신을 말했고,

가던 길 멈춘 나는

전화를 걸었지.

"오늘 만날까."

마음조심, 바람이 많이 차.

가장 설렜던 사랑은

짝사랑이었어요.

저는,

아홉 살이었고요.

⋮

두근거림 속에, 당신과 함께.

⋮

같이 있어,

좋은 사람.

⋮

너 만나기 딱 좋은 날씨.

설레는 밤공기에

집으로 가는 길이 못내 아쉬운

어느 여름 밤.

어느 여름날,

밤거리는 여름 향기로 가득했지.

추운 겨울보다는

여름이 더 좋다는 네 말을 듣고,

엉큼하게도 나는

겨울을 상상했어.

횡단보도

살랑이는 여름 바람 같아.

당신 눈을 바라보는 게 좋아.

함께 있는 시간 동안
꿈을 꾸는 것만 같아.
만나기로 한 날이면,
하루가 음악 같아.

꼬마글쟁이

여름밤, 가로등 아래
작게 부는 바람 같아.

봄꽃, 가을바람, 첫눈.

그리고 여름밤.

계절마다 하나씩,

잃고 싶지 않은 것들.

같이 걷자,
바람도 좋은데.

같이 걷고 싶은 사람이야,
바람 좋은 날.

같이 걷기 아까운
바람 좋은 날,
꼭 같이 걷고 싶은 사람이야.

어딘가 닮아 있는
여름밤의 시간들.

잔잔히 들려오는
작은 기억들과
조금씩 선명해지는
어느 날의 온도.

이 거리는 끝이 나지 않았으면 해.

오늘의 당신처럼,

당신의 오늘도 참 예쁠 거예요.

⋮

평소와 다름없이

특별한 오늘이야.

⋮

오늘에게 웃어주세요.

내일이면 또 찾아올 오늘이에요.

사소한 웃음에도 마음껏 행복하기.

주변에서 다가오는 작은 기쁨들에

한 번씩 웃어주기.

어두웠던 하루가, 조금씩 밝아질 거야.

오늘 밤만큼은
내 마음도 소중해.

오늘은 밤하늘에다 내 마음을 놓아둘 거야.
별보다도 아름답고, 달보다도 소중하니까.

긍정적인 사람들의 말소리에는

아름다운 악보가 들어 있는 듯해.

좋은 시간 보내고
편할 때 연락해요.

나,

오늘도 당신이 좋아지는 중.

시간이 지날수록,

닮고 싶은 사람이야.

잠깐만 눈 감고 있을게요.

눈 감을 새 없이 바쁜 하루잖아요.

⋮

정신없이 바빠도

오늘 하늘, 예뻐요.

⋮

하늘 볼 여유가 없다니요.

작은 마음 하나면 돼요.

⋮

노을이 지기를 기다리고 있는 거야.

왠지 좀 아련한, 그런 날 있잖아.

⋮

오늘 하루 노을이 파란색이었대도,

그걸 아는 사람은 많지 않을 것 같아.

하늘, 구름 하나,

한 편의 시 같은 하루.

캄캄한 영화관.

조금은 느린 공기.

북적북적,

예쁜 꿈들이 붐비는 소리.

꽃 같은 네 웃음이,

내 앞에서 지지 않길.

함께하던 모든 순간으로
노을이 지고,
같이 웃던 모든 시간이
별이 되었던 날.

안녕이라 말하고는
꽃이 되길 기도했지.

함께했던 많은 날들이

봄이었고, 사랑이었지.

나를 떠난 사람에게서

겨울을 보게 된대도,

피었던 꽃들만은

지지 않길 기도해.

문득, 이유 없이 설레는 순간이 있어요.

'꼬마글쟁이'님의 글 #허쓰

좋아하지 않았던 것들을

좋아해 보고 싶기도 한 날.

기대하지 않았던 것들을

기대해 보고 싶기도 한 날.

오랜만에 주말 같아,

같이 놀아도 보고픈 날.

주말 아침의 냄새가 좋아,

온 몸으로 맡아 보곤 해.

BAGUETTES
Valrhona

햇살은 작은 방안을 가득 채워주었고,

느려진 오후는 이불처럼 내게 말했지.

천천히 흐를 테니 같이 있어달라고.

욕심내지 않아도

하루는 충분하다고.

⋮

놀이터 모래 위로 노을이 질 때면,

어른이라도 된 듯이 아련하곤 했어.

⋮

동화책 속의 문장들처럼

동화 속에 살고파.

⋮

기분 좋은 기분,

느낌 좋은 느낌.

⋮

졸려요, 기분 좋게.

⋮

문득, 시간이 웅성거릴 때나

어딘가 조금씩 뒤숭숭할 때.

⋮

비오는 날의 웅성거림을 좋아해요.

달달한 기억 한 조각,

씁쓸한 커피 한 모금.

⋮

오후 어디쯤,

어둑해질 무렵이면

괜히 기분이 좋아.

⋮

푸르름이 저물어 가는 지금이 좋아.

불어오는 바람보다도 좋아.

햇살 좋은 오후,

약속 없는 주말.

방과 후 하굣길,

노을 지는 운동장.

집으로 가는 길,

마을버스 정류장.

마치 봄같이

두근대는 일상들.

오늘 같은 날, 우리

같이 웃는 상상 같은 거.

⋮

여름밤이었으면 좋겠어.

좀 더 같이 걷게 될까.

⋮

밤거리를 좋아해요.

예쁘고, 설레잖아요.

편지 한 통에 봄을 담아

봄을 닮은 너에게.

약속은 안 했지만
만나게 될 것 같아.

기대하진 않았지만
기다리게 될 것 같아.

마주칠까 기대해.

어제도 만났고

오늘도 만나지만,

내일도 보고 싶어.

헤어지기 싫은 마음에 한참을 돌아갔잖아.

아쉬운 마음에 한참을 서 있었잖아.

어느 여름, 눈 부셨던 날.

우리 손 잡았던 날.

⋮

흐려도 괜찮아.

그래도 너잖아.

⋮

맑았던 하늘도 가끔은 울잖아.

밤이 오는 소리에

조금 떨렸어.

당신 때문일까.

웅성거리는 시간을 틈 타
아무 생각 안 하기.

아까부터 빗소리,
멍하니 창밖 보기.

무슨 생각해, 넌.

비 오는데, 밖에.

빗소리가 좋아요.

이젠 괜찮나 봐요.

흐릿한 하늘 보며

너는 무슨 생각할까.

버스를 타고,

늦은 밤을 달리다 보면

지나간 많은 날들이

불빛처럼 일렁거리곤 해.

밤이어서일까,

마음 때문일까.

오늘밤 나는,

지나간 마음들에

이불을 덮어줄 거야.

내일 봐.

그 말
책임져요.

나 이렇게 행복하니까.

어느 날의 새벽이었지.

당신이 이토록 소중해진 순간.

⋮

늘 혼자였는데,

오늘따라 혼자인 느낌.

⋮

금방이라도 울 것 같은 게,

사람 마음이잖아요.

내 생각 한번 안 할까.

많고 많은 밤인데.

마음둘 곳 없을 때,

지난날이 그리울 때.

달이 떴다거나

비가 온다는 핑계라도 좋아.

안부 묻듯 전화해.

기다리지 않을게.

오래 볼 사이잖아요, 우리.

긴장하지 말아요.

당신, 좋으니까.

잠자기 전에

문득

내 생각에 네가 웃는다면

아, 얼마나 좋을까.

오늘 같은 바람이면
보고픈 사람, 생각해요.

그런 날이 있어요.
멍하니 그저 걷다가도,
어쩐지 누군가를
그리워하게 되는.

오래된 친구와의
낯선 반가움처럼,
조금은 슬픈 듯이
불어오는 바람에

어쩐지 하루가
저녁에 머물러 있는 것 같은,

그런 날.

너에게 순간이 된 나.

나에게 습관이 된 너.

순간들만큼만 그리울 수 있을까.

⋮

예뻤던 순간들이 잊히지 않아요.

아마도 순간은 영원인가 봐요.

순간으로 남아, 아마도 영원할 거야.

기다리는 시간도 봄이라 했던가요,

이렇게나 추운데.

이렇게나 추운데,

기다린다고 봄이 올까요.

알면서도 힘든 거잖아요, 기다림이란 게.

텅 빈 하늘에 기억을 띄워 볼까.

어쩌면 더 예쁜 하늘이 될 거야.

구름 한 점 없는 하늘이

감당하기 어려운 날.

한밤중에 마음이 조금 따뜻해진다.

멀리, 너 있는 곳에서
내 생각 하고 있구나.

네 맘속 어디쯤,

낡은 책으로 꽂혀 있다면.

가끔씩 나를 펴고

조금씩 읽어준다면.

슬픈 문장 속 단어들은 어떤 마음일까.

지키지 못할 다짐 하나.

지나간 하루에

마음 쓰지 않기.

창밖의 불빛들은 하나둘 일렁거리고,

들려오는 작은 웃음들은

서로를 아껴주기 바쁜

어느 카페의 겨울밤.

다정한 커피 한 잔에

조용히 당신을 생각해.

여름밤의 어스름이나
겨울밤의 일렁거림.
적당히 우중충한 하늘에
적당히 우중충한 마음.

누군가를 떠올릴 때,
곁에 있으면 좋은 것들.

약속하던 날,
겨울 사이로 꽃 한 송이 보았죠.

찬바람 불어오던 겨울, 어느 날.
놓을 듯 말 듯,
자신 없이 맞잡은 손과
자신 없는 걸음.
마음도 계절도
꼼짝없는 겨울이라고 생각했던
그때,

너는 내게 약속했지.

겨울 사이로
꽃이 피던 순간이야.

봤어요, 봄이 웃는 걸.

⋮

꿈꾸는 당신 눈에 꿈꾸듯 빠져들어요.

⋮

늘 그랬듯, 오늘도 빛나는 그대.

유난히 기분 좋았던

하루의 끝에

반가운 소식처럼 눈이 내려요.

⋮

당신에게 겨울이 오면

내가 더 따뜻해질게요.

⋮

그 시절 봄 냄새만큼

포근한 삶은 아니지만

저 여전히 잘 지내고 있어요.

모든 것들이 가라앉은 듯한
시간이면 기분이 좋아.

햇살은 밝지만 새벽 같은 시간,
정리되지 않은 것들로 정리된 공간에서
심심하게 앉아 있는 즐거움을 좋아해.

조금 무섭긴 해도,

그리 두렵진 않아요.

나를 믿는 당신을 믿으니까.

지키지 못할 다짐 둘.

소중한 사람들에게

못난 모습 보이지 않기.

가까워질 것만 같아서,

다가갈 수가 없었어.

혹시나 찬바람에
네 마음 울지 않게.

오늘은

날씨가 참 내 것 같았어.

혹시

오늘 밤,

내 생각할까.

문득 또 너일 때
그냥 한번 웃어보곤 해.
10×20

기억해.

어느 겨울날

우리 함께했던 약속.

예쁘게 눈이 내리면

만나자 했지.

첫눈을 너와 기다리게 될 거란 생각에

그날 내 마음엔 이미 첫눈이 내렸어.

우리 만나기로 했던

오늘, 첫눈 오는 날.

그날의 약속을, 너는 기억해?

아낌없이 소중한 거야.

첫눈 같은 사람.

좋은 날,

좋은 사람들과

좋은 시간 보내기.

⋮

문득 떠오른 옛 노래처럼

그저 반갑게만 다가왔으면.

⋮

달달한 기억을 들어요.

⋮

오늘처럼 맑은 날이면

마음이 오히려 복잡해.

⋮

가을, 늦은 밤.

홀로 남은 정류장.

말 없이 부는 바람.

⋮

달이 뜬 하늘을 보니
또 밤이 왔나 보네요.

내게는 좀처럼 오지 않는
밤이 또 왔나 보네요.

⋮

밤이 오는 소리가 들려요.
마중 나가줄 사람 하나 없는데.

마음과 마음을 오가면서도
내색 한번 안 하잖아.
바람 같은 사람이 되고 싶진 않지만
바람을 참 좋아해.

바람에도 색이 있다면
내 꿈은 화가였을까.

고마워요.

당신 덕분에 긴 밤이 부끄러워졌어요.

캄캄한 밤하늘이 이렇게나 예뻐요.

좋은 꿈 꿔요,

당신도.

"잘 자요.

내일 아침,

전화할게."

동화책,

낡은 시집,

한때 좋아하던 작가의

소설 모음집.

어릴 적 쓰던 방,

오래된 책장에서

우연히 마주친 한 시절의 기억들.

지친 그댈 안아주려
오늘도 밤이 왔어요.

#꼬마글쟁이 x SILVER

힘들었던 시절인지 좋았던 시절인지는

중요하지 않았어.

우연히 마주친 그리움,

그 자체만으로 좋았지.

거리의 조명들은

하나둘 밝아지고,

수줍던 골목들도

어른스러워.

좀 더

우리 같이 있을까.

노을이 곧 질 거 같아.

⋮

그 어느 때보다

저녁 바람 불어올 때.

⋮

밤바람에 겁이 나서

네 생각 잠깐 했어.

적당한 조명 아래

적당한 음악 소리.

적당히 달달한 커피 한 잔에

적당히 보고픈 마음.

어느

적당하지 못한 날.

적당하다 : 꼭 들어맞다, 정도에 알맞다.

그럴 때.

문득 시간이 웅성거릴 때나
어딘가 조금씩 뒤숭숭할 때.
어딘가 곁으로
흐르는 시간이 느껴질 때.
소복이 쌓인 눈에 마음 벅찰 때.
저녁 바람, 불어올 때.

문득, 밤일 때.

지키지 못할 다짐 셋.

좋은 일 앞에 두고
걱정하는 일 없기.

풍경 같은 노래와

노을 같은 그때.

사이사이로 노을을 담을 거야.

⋮

예감 좋은 밤.

작은 마음에 별, 하나.

⋮

널 그리는 밤,

늘 설레는 맘.

다가올 많은 밤들과

봄을 기대해.

불안한 마음에도 봄이 올 거야.

이해해주길 바라지 않아.

대신, 아무것도 기대하지 않아.

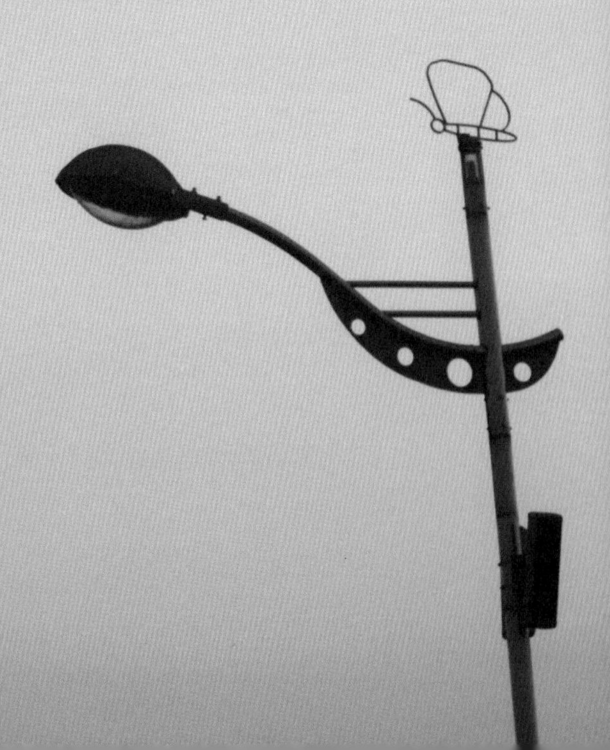

⋮

겨울밤 같은 기억들이

하나둘, 떠오를 때.

⋮

고요한 달,

겨울밤 한 모금.

봄이 오면 하고 싶은 두 가지.

햇살 드는 창가에 앉아
좋아하던 상상하기.

어스름 저녁
가로등 불빛,
너와 손 잡기.

같이 있어줘요.

외로움도 외로워하는 게
지금 같은 밤이잖아요.
금방이라도 울 것 같은 게
사람 마음이잖아요.

너는 두렵구나.

나는 부러운데.

누군가에겐

아침처럼 눈 뜨면 다가올,

나에겐 별처럼 먼 곳의 이야기.

생각만으로 아늑해.

울 것만 같은 요즘.

너에게 실망할 때마다
나에게 실망스러웠어.

걷고 있어요.

그때 그 거리.

생각보다

안 괜찮네요.

마냥 좋아했던 길을 걸어도

왠지 옛날 같지 않았어요.

그 사람 만나기 전부터

좋아했던 곳인데도.

생각보다 더

돌아갈 수 없는

곳들이 많아졌어요.

지키지 못할 다짐 넷.

매일 밤 자기 전에

내 생각 하기.

가을을 닮은 바람이 불어와.

떠가는 구름조차 가을을 닮아가.

매일 밤 떠올리던

그때를 닮아가.

오늘은 참,

생각이 나.

봄의 포근함

여름의 경쾌함

가을의 아련함

겨울의 아늑함.

아침의 기대감

낮의 여유로움

저녁의 설렘

밤의 그리움.

계절마다 시간마다

당신을 닮은 마음들.

같이 걷는 밤거리만큼
예쁜 거리가 또 있을까.

같이 웃는 즐거움만큼
편안한 마음이 또 있을까.

마음대로 되지 않는 것들.

봄바람에 흔들린다거나
밤거리에 취한다거나
저녁 노을에 멈춰 선다거나
늦은 밤에 그리워진다거나.

또 당신 생각이 난다거나.

고마워요,

생각나줘서.

치이고 지치던 날,

웃음 짓게 도와줘서.

시, 가사, 영화 대사.

내 마음 대신 말해주고
하루를 앗아가는 것들.

'아무도 읽지 않는 책이 될까 봐.
더 이상 듣지 않는 음악이 될까 봐.
텅 빈 극장에 영화처럼 버려질까 봐,
두려워.'

- 타블로, '유통기한' 중에서

같은 겨울을 살면서도

우리는 한 번을 만나지 못할 거예요.

언젠가

당신 생각이 난다면

문득 문득 돌아보겠지.

어디엔가

당신이 있던 자리,

문득 문득 지나가겠지.

한 번을 만나지 못하고

우리는 겨울을 살 거예요.

⋮

안아주는 거예요.

우리 모두는 겨울을 닮았잖아요.

종종 마음은 겨울을 살아요.

지키지 못할 다짐 다섯.

부러워하기보다

응원해주기.

그 아이가 말을 할 때면
시간도 귀엽게
흐르는 듯 했어요.
평범한 단어들도
귀엽게만 들렸어요.

아, 생각하니 또 웃음이 나요.

⋮

하늘은 노을로 시를 써.

저녁이면 날마다 그리운 걸까.

⋮

그리움을 그린다면

오늘을 닮았을 거야.

매일 아침 비가 오지는 않는지.

혹시 오후에 잊은 약속은 없는지.

저녁노을 예뻤는데

놓치지는 않았는지.

–

소중한 누군가를

좋아해 본 일이 있나요.

그럼,

당신도 알겠다.

그 사람의 웃는 모습을 상상하는 거예요.

멀리 떨어져 있어도
다신 만날 일 없어도
어딘가에서 웃고 있을,
그 사람을 상상하는 일.

이별이란.

⋮

나를 바라보는 달을 바라봐요,

서로에게, 서로가 되어.

⋮

맑은 하늘,

마음에 담기.

⋮

돌아오는 노래,

돌아오는 계절,

돌아오지 않을,

그때.

⋮

그때로 날 데려다주는,

그 노래를 듣는 중이야.

⋮

좋아질 거예요.

그러니 걱정 말아요.

⋮

맘 좀 놓아.

밤이잖아.

오지 않는 연락에 마음이 찡했어.

나만큼이나 너 역시도.

너 역시도, 나만큼이나.

영락없이 연락 없는 밤.

캄캄한 밤,
불 꺼진 방에서
스스로를 지켜내기 위해
내가 만든 주문.

'아무렴 어때요, 당신 곁인데.'

곁에 있어준 사람들
하나둘 떠올리며
캄캄한 밤
수없이 되뇌곤 했던,

한 줄의
긴 주문.

꼬마글쟁이님의 글 #허쓰
안녕, 여름밤

안 좋은 일은 한꺼번에 일어난다는 말이 있지.

내게도 그런 때가 있었어.

어디서부터 어떻게 잘못됐는지도 몰라
원망조차 할 수 없던 때가 있었어.

그리고 당신이 있었어.

어릴 적 좋아하던
만화영화를 보고,
어릴 적 좋아하던
소꿉친구를 떠올려 봐도

어딘가 부족해.
여전히 그리워.

그때 말이야,
어렸던 하늘이 기억나.

감성에 빠져 허우적거릴 때,

옆에서 건져주는 사람이 아닌

같이 허우적거려주는 사람.

그런 사람이 필요한 거야,

나는.

혼자가 된 지금,

함께였던 그땐

웃어넘긴 일들에

걸려 넘어지곤 해.

뭐가 그리 불안했을까.

난 네 앞에 있었고,

넌 내 앞에 있었는데.

새벽은 기억해요.
좋았던 기억들을.

새벽을 지나가는
시간들 틈에다
아무도 모르게 적어 놓았어.

하루 한 번, 새벽.
좋았던 그때를 펼쳐 보는 시간.

너, 보러 갈까.

망설임만으로도 그저 좋았지.

노을빛 내리는
어느 가을 오후.

예쁘게 낙엽이 쌓인 길을 걷다,
나도 모르게 네 생각이 났어.

보고 싶었던 걸까.

떠오르면 떠오르는 대로

요즘은

그냥 한번 웃어 보곤 해.

문득, 또 너일 땐

그냥 한번 웃어 보곤 해.

너를 걱정해.

그때나 지금이나

많이 좋아해.

나의 사랑은
언제나 걱정이었어요.

함께였던 그때,
항상 곁에 있던 그때에도
내 앞에서
웃고 있는 당신을 걱정했고

당신 없는 지금,
그리운 밤에도
어딘가에서 웃고 있을
당신을 걱정해요.

보고 싶었어요.

보고 싶을 당신.

반쯤 기울어진 기둥에
덕지덕지 붙은 전단지.

정처 없이 걷던 날,
어느 낡은 도로 위에서
한참을 서 있었어.

–

본 적 없는 이들의
이별이라도 본 것처럼

잊고 싶지 않았던
기억이라도 잃은 것처럼.

버려진 전봇대,
그 앞을 못 지나가.

밤의 고속도로,

아득한 창가.

소소한 기억들과

적당한 걱정거리.

좋아하는 노래와

마실 물 한 병.

잔뜩 준비된 밤,

어디로든 가도 좋아.

지키지 못할 다짐 여섯.

기대하기보다

기다려주기.

어떤 바람은

시간을 돌리기도 해.

어릴 적,

동네에서 친구들과 놀던 그때.

그때에 불던 바람을

나는 아직도 잊지 못해.

조금이라도 익숙한 듯한

골목길을 지날 때면,

나도 모르게 떠오르는

어릴 적 불던 그 바람을

나는 아직도 잊지 못해.

어쩌면, 겨울보다도 아련한 듯해.

여름 어느 날.
흔들리는 나뭇잎들 사이로
푸르게 걸어가고 있었어.

작은 마을버스는
여름 한가운데를
지나가고,
아이들 웃음소리는
모래사장 같았지.

가는 곳마다
보이는 곳마다
여름임을 강조하는 듯한 날.

사실 말은 안 했지만,

나의 시간들만큼이나
너의 시간들이 소중했어.

아니,
너의 모든 것들이
나만큼이나 소중했어.

어쩜, 혼자가 아닐지 몰라.

외롭기로 하는 순간,

정말로 혼자가 될 거 같아서

어두운 방

작은 침대 위

아무도 모르는 시간 속에서

나는,

맘 놓고 외롭지도 못해.

울 수도 있죠, 겨울인데.

차가운 겨울바람에

두려울 수도 있죠.

무심한 밤거리가

야속할 수도 있어요.

대답 없는 달과

멀기만 한 별들에

긴 겨울밤,

눈물 날 수도 있어요.

그럴 수도 있죠, 겨울인데.

겨울이 오면, 밤이 길어진대요.

아마 당신이 보고플 테죠.

겨울이 다가온다는 것.

당신을 그리워할 시간이 늘어난다는 것.

밤하늘에 뜨는 모든 것들이

당신을 말하는 계절,

겨울이 온다는 것.

걷다가 문득, 소소한 바람에
기분 좋을 줄 아는 사람.

문득 올려다본 하늘이
예뻤다는 말이
더는 유별나지 않은
세상에서,
나는 살고 싶어.

떠가는 구름이나
불어오는 바람에도
기분 좋을 줄 아는 사람.

나는 그런 사람이고 싶어.

풀잎이 가을에 나부끼는데,

어떻게 못 본 척 지나가요.

나는 못해요.

정신없이 바쁘고

쉴 틈 없는

하루를 산다고 해서,

가을의 움직임을

외면할 수는 없어요.

이성을 앞세우는 집단 속,
감성으로 맞서는 외로움.

초대 받지 못한 곳에서
나는 활짝 웃고 다녔어.
아무도 찾지 않는 곳에서
나는 바쁜 사람처럼 살았어.

눈길 한 번 받지 못해도
다짐하면 괜찮을 줄 알았지.
주변 모두가 나를 밀어내도
모른 척하면 괜찮을 줄 알았지.

그렇게,
나는 바보처럼 살았어.

헤어짐에는 수많은 이유가 있어요.

저마다 눈물 날 만큼 아프죠.

헤어지는 그 순간만큼

서로를 아껴주는 순간도 없을 거예요.

그래서 더 아프고.

영화 같기를 바랐어요.

감히 사랑을 앞에 두고.

이젠 괜찮단 생각에

괜찮지 않아졌다.

사실 그렇잖아요,

밤이라는 게.

이런저런 생각과 함께

혼자인 듯 아닌 듯.

남모르게 들떴다가도

어느새 가라앉아 있고.

어쩌다 나도 모르게

그 사람 생각하고 있고.

눈물 날지도 몰라요.

보고 싶으면 어떡해요.

이렇게 미안할 줄 알았으면
차라리 사랑이라 믿을 걸.

또 이기적인 생각.

-

-

웃어주지 말걸.
몰랐던 것도 아닌데.

또 이기적인 후회.

이별, 두 개의 그림자.

미워할 게 뭐 있나요.

사랑했었고, 지금은 아닐 뿐이죠.

힘을 주는 말들에

눈물 날 때 있어요.

그게,

너무 고마워서.

너무, 알 것 같아서.

매일 행복하진 않지만,

행복한 일은 매일 있어.

-만화 '곰돌이 푸' 중에서

추억할 기억을 남겨주고 떠난,

그대는 고마움으로 잊혀갈 사람.

잘 자요, 당신은.

같이 걷자,
바람도 좋은데
더럼 강변 산책길에서
instagram@laskavy_

좀 안아줄래요,
안겨 있고 싶은데.

오늘은 나,
당신 걱정이 좀 필요해요.

'다가올 많은 날들이
봄보다 따뜻할 거야.'

소중한 목소리,
당신의 한마디에
봄이 왔어요.

이불 속처럼 편안한 당신 곁으로
한밤중에 찾아온,
따뜻한 봄.

참 신기해.

내게도 봄이 왔었다는 게.

누군가에게
내 하루를 내어주고
마음까지도 몽땅
보여주곤 했다는 게.

-

-

그게 참
쉽지 않은 거였는데.

참 멋진 일이었는데.

⋮

눈 내리니 예쁘다.

기억하고 똑같아.

⋮

내리는 눈처럼 예쁘게,

그리운 마음들이 있어.

늘 혼자였는데,

오늘따라 더 혼자인 느낌.

어두운 밤길,

가로등 불빛.

고양이 한 마리,

밤바람 조금.

어쩌다 혼자가 아닌 날이면,

어딘가 모르게 어색한 요즘.

어느 봄밤.

혼자 걷는 밤거리에도

봄 냄새가 나요.

당신,

오늘은

밤바람에도 겁이 나지 않아요.

아마도 봄이 오나 봐요.

정말로.

-

-

좋은 봄,

좋은 밤.

당신을 생각하며.

생각나, 가끔.

다행히도.

가끔 그리워.
문득 떠올라.
종종 보고 싶고,
자주 생각해.

혹시나
우연히 만나게 될까.

마주치는 연습.
이리저리 혼자.

"외면할 거래, 자기 말로는.
도망도 못 갈 거면서."

힘내라는 말이 필요했어요.
힘내라는 말은 필요 없다고 하던가요.

마음이 문제였겠죠,
말이 아니라.

힘내라는 말,
얼마나 간절한데.

너를 믿어.
너를 믿는, 나를 믿어 봐.

좋아하던 것도
자주 하던 것도
그냥 그런 날.

나쁠 것도 없고
좋을 것도 없는
그냥 그런 날.

조용하게
그렇게 오늘이 지나간다.

어느새 닮아가고 있다.
어느새 여기까지,
어느새 꽤 많이 왔다.

치열했던 어느 날의
다행스러운 발견을
이후로,
나는 끊임없이
그 사람을 마음속에 품고 걸었다.

그리고는 여기까지 와 있다.
따라가고 있다.

몸에 맞지 않는 옷보다는

마음에 맞지 않는

하루가 더 불편해.

노력 중이에요.

어딘가 불편해서 그렇지.

매일 매일 불편함과 싸워요.

나는,

노력하고 있어요.

누군가 나를 미워한대요.

나는,

나를 잘 아는 사람이냐고 물었어요.

나를 잘 아는 사람이

나를 미워한다면

그건 좀 슬프겠지만,

그게 아니라면

문제 될 게 있나요.

하루하루 소중한데.

반가운 곳에서
우리 만났네요.
오늘이 오기까지
참 많은 날이 흘렀어요.

지나간 시간이 많았던 만큼
아껴둔 이야기가 참 많아요.

당신도 나와 같겠죠.
우리 이렇게 지나가지만.

기다리기 좋은 날,

당신을 기다려요.

기다리는 마음에도

계절이 있나요.

지금 이 순간,

꼭 봄 같아요.

봄날의 기다림.

당신에게도 주고 싶은,

당신에게 받은

선물.

같이 앉은 봄날,

걱정은 기억나지 않아.

어쩌면

이대로 괜찮을지도 몰라.

위험한 걸까.

봄날의 달콤함.

알면서도 모른 척.

별일 없이 가는 시간,

의미 없이 바쁜 연필,

생각 없이 부는 바람.

그리고

당신 없이도 오는, 밤.

그대를 덮은 밤,

잠은 오지 않아요.

그리운 날이면
음악을 틀고,
나는 당신을 들었어.

보고픈 날이면
영화를 틀고,
나는 당신을 보았어.

아닌 척, 여기저기.
그래,
나는 당신을 틀었어.

첫눈을 사랑했대요.

마음쯤은 버릴지라도.

알면서도 모르잖아요, 사랑이란 게.

마음쯤은 버릴지라도

하고 싶은 게 사랑이래요.

몰랐던 것도 아닌데

다시 반복하는 게

사랑이래요.

나한테 미안하지도 않니.

그럴 리가 있겠니.

밤이 온 듯
불안한 날이면
당신 생각,
해도 될까요.

나도 말할래요,
달이 떴다고.
좀 더 오래
생각할게요.

오늘 밤만이라도,
나.

'내일이면 또 보잖아.
어서 들어가.'

'오늘은 더 못 보잖아.
안 들어갈래.'

한여름밤의 봄.
여름밤의 대화로
봄을 약속해.

⋮

여름밤을 좋아해.

꼭 내 편 같잖아.

⋮

보면 볼수록 마음을 못 떼.

있는 힘껏 보호해주고 싶고
생각할수록 아껴주고 싶은
그런 마음들이 있어요.

소중한 당신과
소중한 나를 위해.

그리고 소중한 밤을 위해.

마음과 마음이
닮아져 갈 때.

생각의 모서리가
뭉툭해지고,
거침없던 말투에도
틈이 생길 때.

우리,
늙어가는 듯해도
어쩐지 기분은 좋다.

노량진역
2억 7천 9백~

너, 돌아가는 길에도
이렇게 예쁜 별일까.

얼마나 예쁜지 몰라.

너와 내가 우리라는 게.